山の頂《いただき》で

Seiichi Takahashi 高橋誠一

文芸社

「山の頂《いただき》で」

目次

「山の頂《いただき》で」―まえがきに代えて―

手を差し伸ばせば　即座に
星屑達に触れそうな
山の頂
幾億年も前の古代から
幾多の風雪に耐え
おし黙って座っている岩々

その岩々にしがみつくように
息吹く黄緑色の苔《こけ》達
何故　私はこんな山の頂に
ひたむきに登って来たのだろう

何かを悟るために
例えば
私自身や　真の理など
それはとても悲しいことだ
人はどこから生まれ来て
死後どこへ帰結するのか
人は何の為に生きるのかさえ
証されないまゝ死んでしまうのを思うと

私は知りたい
この限り無く広がる天体を
創造したのは誰かを
そして
この天体を支配する
絶対なるものを

「老人の言葉」

深い眠りから
ふと　私は目が醒めました
長いこと　彷徨《さまよ》っていたので
疲れ果てていたのです
目の前に　広い川が横たわっていました
それが　もの言わずに
ゆっくり流れていました

その川辺で　老人が一人
釣をしていました
人生を深く見極めた風情だったので

その老人に　私は尋ねてみました
「明日に通じる道は　どっちだろう」と

老人は振り向いて　私をじっと凝視《みつ》め
暫く考え込んでから
川を指して言いました
「お前はこの川のように
海まで流れ着くのがいいのか　それとも」
今度は　遠くの山を指して
「あの険しい山の頂《いただき》に登る方を
選ぶのか」と言って　老人は又
釣糸を川面に放ちました

「蛇に呑まれた猿」

ああ　先刻まで
無邪気に　一緒に
遊んでいたのに
哀れなお前よ
お前は　一体
どこへ行ったのかい

餌食《えじき》になったのさ
飢えた蛇の
死んだふりした
ヤツに近づき

あっという間に
呑まれてしまったよ

本当に　あっという間の
出来ごとだったよ
のろいはずの蛇が
近づいたお前に
巻きつくやいなや
呑み込んじまった

俺達仲間は
蛇の姿を見ると
おののいて　皆んな
震えあがっちまった
ところが　お前は

何を思ったのか

多分
ほんの出来心で
蛇をからかおうと
ヤツの側に近づき
得意気に　俺達を
振り返った途端

後は　思い出すのも
恐ろしいことだが
お前の苦しげな
ギャッという
悲鳴と共に
ヤツの口の中で

ああ　あがくお前の
最後の姿を
見ただけだった
俺は　呆然として
今　目の前で起こった
現実を見ていた

罠に掛かったのさ
ずるい蛇の
おのれを　余り
信じ過ぎて
それにしても　賢い
身軽なお前が　なぜ
ああ　俺は　お前が

好きだったんだよ
逞しい体
す速い動作
あの頭の切れ
凄い貫禄

どうみても　お前は
次の親分《ボス》猿だった
ところが　今はどうだ
仲間は　皆んな
お前の愚かさを
笑っているよ

俺は　今とても
淋しく　悲しいよ

お前を亡くして
生まれた時からの
良い友達だったからなあ
喧嘩もしたっけなあ

お前は　俺に
よく言っていたっけ
「一生は　一度だけ
命は　大切に
来世なんて　ただの
作り話だ」なんてねぇ

ああ　先刻まで
無邪気に　一緒に
遊んでいたのに

お前よ　俺は
かけがえのないヤツを
亡くしてしまったよ

「老婆と猫」

あれは　忘れもしない
小雨の降りしきる
あの船着場だった
娘のサヨが　町で
暮らすというので
見送った後だった

お前は　声の限り
悲しく泣いていた
雨に　ひどく濡れて
寒さで震えながら

私の姿を見ると
お前は　後に付いて来て
ここに住みついた

あれから　随分経った
娘は帰っては来ない
男でも　出来たんやろ
こんな辺ぴな土地で
婆《ババ》を相手じゃあ
無理も無いことじゃろ
猫のお前にゃ分からんだろうな

お前を　サヨと名付けた
娘のサヨと同じぐらいに
可愛い奴だから

毛なみの美しい三毛猫だ
娘の髪を思い出すよ
奇麗好きで　いつも
手入ればかりをしていたよ

甘ったれたところも
本当に　娘そっくりだよ
サヨとは　皆一緒だね
食べるのも　寝るのも
日中　私が縁側で
裁縫の仕事中は
寝そべって見ているよ

夕飯が済んで　遅くまで
裸電球の下で

仕事中も　やはり
お前は　私の昔の話を
聞いているよ
そうそう　昨夜はどこまで
話が進んだんだっけ

確か　夫とどうして
一緒になったかだったね
あん時ばかりは　お前
耳をさか立てて聞いていたね
結婚して　間もなく
戦争が始まってねぇ
夫も召集されたわけでさ
終戦近くなってねぇ

悪い知らせが届いた
夫は　サイパン島で
戦死したというんだ
娘のサヨの顔さえも
見れずに　こんな悲しいことが
あってよいものか

その後は　娘のサヨと
あの船着場で
別れるまで　二人暮らし
気立のよい娘《こ》でねぇ
あの娘は　きっと
良い嫁さんになるよ
孫でも　早く連れて来な

ああ　いつの間にやら
お前　寝ちまったねぇ
明日の　朝御飯の牛乳は
ここに置いたよ
目が醒めたら　いつものように
腹一杯飲みなよ
今夜は　波が静かだ

サヨは　私の話は
よく聞いているけど
お前のことは　ちっとも
話してくれないねぇ
あの船着場以前の
暮らしのことなど　多分
船乗りに捨てられたのかなあ

サヨ　サヨの今夜の夢は
一体　何だろうねぇ
お前は　可愛い奴だよ
私は　幸せ者だった
一生　愛し続けられたもの
だけど　どうやらお前が
最後になるらしいよ

サヨ　私が死んだら
お前は　また　一人ぼっちに
なってしまうのを思うと
それだけが　心残りなんだよ
私は　もう年だから
いつ死んでもよいけど
サヨ　どうか長生きをし　サヨ……

「宇宙人より」

ああ　これは良いぞ
また　あの地球上で
人間どもが　互いに
戦争し始めたぞ
ハッハッハッハッ　もっと　もっと
やるがよいぞ
人っ子一人いなくなるまで

ああ　また　一人戦士が
傷つき　死んじまったぞ
遅い遅い　もっと派手に

ボカーンとやりなよ
核爆弾なんぞも
ジャンジャン使ってさ
人間どもが　全滅するように

阿呆なもんだよ　人間なんて
こっちに　人間どもの敵が
潜んでいるのも気付かず
小っちゃい地球上を
征服しようと　血眼さ
賢いようでも　哀れなもんさ
人間どもなんて

哀れな人間どもよ
人間の敵は　人間なのだ

憎しみ合い　殺し合い
早く滅びるがよい
そうすりゃあ　我々宇宙人が
手を尽くさず　地球を
ハッハッハッ　征服できるのだ

好きなんだねぇ　人間どもは
戦い争うことが
無くならんねぇ　戦争は
だけどねぇ　そろそろ
目醒めてもよい頃だが
人間どもの宿敵は
我々宇宙人だということに
必要なんだねぇ　人間どもには

人間以外の　戦う相手が
とてつもなく強い奴が
そうすれば　みみっちい
人間同士の戦いを止め
互いに　力を合わせるのさ
今迄の　愚かさに気付いてね

「百平方メートルの地主」

この間　遂に　土地を
土地を買ったよ
長い夢だったんだ
嬉しいかいって　見なよ
この俺の顔を　これが
悲しい顔っていうんすかい

たったの　百平方メートルなんだ
それも　山奥なんだけど
笑いなさんな　これでも
地主様になったんだぞ

この広い地球の一角に
自分の土地があるのだ

百平方メートルで　狭いと思うだろう
ところがどっこい　広いんだ
いってみれば　下は
この地球の中心までと
上は　無限まで高く
全部　俺のもんさ

夢は　もっとデカインだ
この土地を掘ったら
ザクザク金鉱か
ドクドク石油が湧き出る
なんてことも　あるんだぜ

考えただけで　ワクワクさ
とにかく　悪いけど俺は
地主　そう　地主様なんだ
タダでは立ち入れねぇぞ
相談に来な　案内するよ
どこにあるかって？
北海道の北の端の　山奥なんだ

「七時三十八分の電車」

何で　こんなに忙しいんだろう
朝　目が醒めたが最後
飯もロクに食わないうちに
電車が駅に迎えに来るんだ

会社に着きゃあ　機械の野郎
遅しとばかり待ち構えていて
今日一日　こき使って
上げましょうってな顔なんだ

早く　どっかへ逃げたいんだ

だけど　どこへ行ったところで
皆　似たりよったりなんだ
何かに追いかけ廻されているんだ

死ぬまで　こいつだけには
振り廻されそうなんだ
この世が止まらない限り
こいつぁ　駄目らしいんだ

習慣とは恐ろしいもんで
じっとしているのが恐いんだ
何かをやっていないと　落着けん
皆んな　何かに縛られているんだ

それが　どうにも解《ほど》けないんだ

そんなことは　どうでもよいんだ
とにかく　俺は七時三十八分の
電車に乗らなきゃあ　大変なんだ

「ゴキブリ君」

ああ　ゴキブリ君よ
お前が悪いんだ
俺の寝ている
枕元で　ゴソゴソやるから
俺は
ひどく　お前を
打ちのめしたんだ

それにしても　お前は
どこへ行っちまったんだろう
俺は　完全に

お前が死んじまったものと
思い込んでいたのに
俺は　してやったりと
大得意だったんだ

確かに　見たんだ
お前の飛び出した
内臓とひん曲がった
足と　羽と
ああ　お前のこの世の
最後の無様な姿を
あの無惨な姿をね

どう見ても　お前は
憎まれ者だからねぇ

あのグロテスクな容姿
貪欲な食欲
す速い足
お前の姿を見ると
寒気がするんだ

いつか　家の猫殿が
ゴキブリ君ていう奴に
ジャレていたのを
見たことがあるよ
用心深く　爪先で
気味悪そうに　まるで
汚い物に触るみたいに

そのうちに

煮ても　焼いても
食えねぇ奴だと分かると
うんざり顔していたよ
どう考えてみても
お前の存在はね
そんなとこなんだ

よしや　万が一
何かになったとしても
お前の姿を見て
ゴ・キ・ブ・ン悪くしちゃった
とかいう
洒落ぐらいなもので
まあ　そんなとこだよ

お前が　その辺をうろつくと
きっと
殺《や》ってやると
殺気立つんだ
あの時も　俺は
お前の姿を見るや
近くの…………

新聞紙をまるめ
お前を　めった打ちに
してやったんだ
素手じゃあ　とても
気持ちが悪くてねぇ
それにしても　お前は
どこへ行っちまったんだろう

また　元気に生きなよ
そんなにも生きたいのなら
また　どっかでゴソゴソやりなよ
誰にも見つからんように
お前には　ほとほと敬服するよ　敬服ね

「爪を切られた猫」

オイら　爪の無い猫
なに　生まれつきじゃあないんだ
ある日　いたずら小僧に
ハサミで　チョッキン　チョッキンとね

なにも　悪気でやったんじゃあない
人間様が爪を切るぐらいだ
猫だってと　親切心かららしい
迷惑なのは　こっちの方でさ

まったく厄介になったもんで

まず　木には登れねぇし
うまい骨をカジろうにも
骨が　マリみたいに逃げるし

それにも増して　一番に
困ったことは　急に
世間が恐くなったことだ
今迄は　考えられんことじゃあ

お隣りの　小犬の太郎が
どうやら　勘付きやがってねぇ
目と鼻の先まで近づき
チョッカイ出しやがるんだ

以前なら　爪を立てて

グッと睨みつけりゃあ
シッポを巻いて　畜生
逃げて行ったもんだが

以前には　一キロメートル先までも
遠く　堂々と行けたのに
今じゃあ　それも出来ねぇ
家の庭の外には　とても

近頃では　ネズミの野郎までが
俺の寝ている枕元に来ては
むさぼってやんだ
あのチンケなネズミまでもがねぇ

それにしても　歯痒い爪め

これさえあれば　ウ～ム
恐いもの知らずに
世間をのし歩けるのに

もう　俺らには　どうも
生きる自信もないよ
この世に　何の役にも立たねぇ
いやはや　ガラクタ同然よ

こん畜生め　爪さえあれば
この世に　のさばっていられるのに
あ～あ　落ちぶれたもんだよ
本当に生きた屍同然よ

「社長になったジョー」

うちの会社に　あだ名をジョー
という　男がいたんだ
どうゆう理由《わけ》で　ジョーという
あだ名が付いたかは　皆目分からない
どうやら　本人が付けたのが本当らしい
背丈は低く　顔だちだって
目は　付いてんのか　付いてないのか
まるでチックク
鼻は　ペッタンコン　とまあ
いちいち　部分品を取り上げて
語っていたら　際限《きり》が無いくらいだ

気の毒だが　怪奇という
言葉が　ぴったりするほど
風貌は　恵まれちゃあいない
頭だって　良くはねぇし
この世を　のし歩けるほどの
天分だって　持ちあわせていねぇ
ところが　こいつが　愉快な野郎で
他人を　笑わせることにおいては
ピカイチなんだ
ヤツが　一寸《ちょっと》　おかしな仕草をやると
持って生まれた　容姿も手伝ってか
腹が　ひっくり返るほど面白いんだ
まさに　この世を舞台に　いつも
道化師の役を演じているようなもんだ

女子社員が　行き違いに
ヤツに出会うと
目と目が　交っているうちはいい
通り過ぎると　今迄こらえていた
笑いが　クスッと
手を当てた口元から　一度に爆発して
漏れてしまうんだな
上役の連中も　ジョーには
一目置いていた
ヤツには　これといって取り柄もないが
人を魅了してやまない
何かがあるという訳だ

会議などが開かれても　ヤツは
大した案も出せねぇが

ヤツが居ると　不思議に
堅い雰囲気が　和らぐのだ
ヤツが中に入りゃあ　喧嘩も
円く治まるというもんだ
ここぞという時に　ヤツの発する
駄洒落や　オトボケがいい
タイミングといい　ジェスチャーといい
周りを　ドッと　笑いの渦中に
捲き込み　ヤツは　いつも
人気を独占してしまうのだ
まるで　ヤツの　一人舞台ってとこだ

仲間の連中も　ジョーのヤツめ
能も無いのに　上手くやってと
妬みと　焦りの目で見るのだが

その辺は　ジョーも心得たもので
あの愛嬌を　ふりまいて立ち廻り
軽く　あしらってしまうのだ
「おかしなジョー　みすぼらしいジョー」
と　いつしか　ジョーについて知らぬ者は
社内には　居ないぐらいになった
「みにくいジョー　くすぐったいジョー」
とまあ　ジョーの噂で　社内はもちきり

無論　これが社長の
耳に入らぬ訳はありません
「ジョー　お前は　大した男じゃあないが
人の心を　動かせる能力がある
周知の通り　うちの社には
優秀な人物が　大勢いる

けど　お前ほど　人を動かせる者はいない
ワシが　社を退いた後は　お前に
この社を任せることにしよう」
とまあ　大変な惚れこみようで

驚いたのはジョー　めまいがして
卒倒しそうになったのも　無理からぬこと
（けど　また　正気を取り戻して）
「ハッ　ハイ　社長様」と　深々と
それこそ　自分の額が　床に触《っ》くほど
かしこまって　ジョーはお辞儀しました

「恋をしたら」

幼い頃
まだ　俺《オイ》らが小っちゃくて
恋に憧れていた頃
俺らは　恋について
深刻に　悩んでいました
もしも　俺らが恋をしたら
俺らの身体はどうなるんだろうって

恋をしたら
心を奪われるのだから
その分だけ　痩せるんだろうか

それとも
愛を得たのだから
その分だけ　太るんだろうか

あれから　もう長い
年月が流れ去りました
今　俺らは
恋をしています
恋をすると
痩せるのか　太るのか
いまだに分かりません
でも　この頃
世界が美しく
とても　楽しくてなりません

「犬」

先刻から　俺は見てたんだ
お前が　そうなるのを
それにしても　お前の痛々しい
姿って　まったくないぜ
俺は　あのドデカイ気狂い犬を見るや
恐々と　シッポを捲いて
俺の犬小屋に　逃げて来たんだ

ところが　お前は　逃げるどころか
ヤツに立ち向って行きやがった
お前の　三倍もの図体《ズウタイ》の犬に

勇敢といおうか　無謀といおうか
とにかく　結果は　この様だい
お前の　右足の皮は剝がれ
骨は　微塵に　嚙み砕かれ

ようやく　お前の尻にブラ下って
くっついているという感じだ
ズルズル　地面に引きずって歩く
お前の格好ってないぜ
これも運命と　軽々しく
片づけてしまうには　余りにも
惨《むご》いというもんじゃあないかい

あの場合　俺にも　もう少し
力があったなら　お前の

二の舞を踏んだかもねぇ
可愛い　隣りのハナコを
目の前にして　オズオズと
引き下がるわけにはいかねぇ
おまけに　近頃のハナコときたら

めっぽう　色気づいて来やがって
我々オス犬にとって　易々と
放って置けねぇ存在なんだ
彼女の　あの愛くるしい瞳は
誰をも　しびれさせずにはおかない
それに　あの愛らしい仕草は
オス犬達を　くすぐらない理由《わけ》はない
彼女の放つ　あの香水の体臭は

我々を　かき立てるに充分なんだ
誰だって　彼女のためなら生命だって
捨てても　惜しくない気にもなるよ
然しながら　冷静に考えてもみなよ
すべては　生命あってのものだねだぜ
一瞬の快楽のために　大事な

生命を捨てるなんて　愚かだよ
いかに　持って生まれた性《さが》とはいえ
あればっかりはねぇ
俺には　上手く説明出来ねぇが
神様が　子孫繁栄のために
悩み　考えて造ったことなんだ
苦悩と　恍惚を背負わせたのさ

より優れた子孫を残すために
より強いヤツが　選ばれるってことも
神様　お忘れにならなかった
お前は　その犠牲になったのかなぁ
けど　よく分るよ　お前の気持ちが
あの時　ああでもならなかったなら
お前の　イラ立った気持ちは

治まらなかったかも知れないよ
自分でも　どうにもならない衝動が
今じゃあ　その気はふっ飛んじまったろ
俺のも同様　縮こまっちまったよ
それにしても　右足一本との
代償は　大き過ぎたんじゃあないかい
お前は　ただ運が悪かっただけさ

いや　考えようでは　よかったのかも
あの狼野郎の　咬みつきの一撃が
お前の喉もとだったら　今頃
お前は　あの世行きか　軽く見積もっても
今頃は　生と死の境を
彷徨《さまよ》っていたはずだよ
とうとう　お前は哀れみの身になった

可哀想に　お前は　先刻から
まだ痛々しく　右足の傷跡を
なめてばかりいるよ　悲しそうに
うるんだお前のその目　まさか
お前　泣いているんじゃあないだろうねぇ
まさか　そんなことで泣く
弱いお前じゃあないよねぇ

「桶屋の多吾作」

多吾作という　桶屋がいたんだ
何でも　一番村はずれの家だった
こいつが　真面目一本気な奴で
朝から晩まで　働きっぱなしだった

仕事をするために　生まれたようなもんで
酒は飲まねぇ　女遊びはしねぇ

バクチなんぞにも　手は出さねぇし
とにかく　仕事しか能の無い奴だった

親子何代も続いた家業で
多吾作も　これを素直に受け継いだ
生来の　真面目一本気のせいか
職人としての腕は　大したもんじゃった

奴の作った桶は　どうゆう理由《わけ》か
丈夫で　他人《ひと》の二倍は耐《も》ったものだ
頑丈で　良い桶を作るのが
俺の生き甲斐ってのが　奴の口癖《くちぐせ》じゃった

ところが　ある日突然この村にも
変な桶が見られるようになった
プラスチックとか　ポリエチレンとかいう
何でも　変な名で石油から作るとか

肌は奇麗だし　丈夫そうで軽いし
おまけに　桶よりずっと安いときたよ
村人達は皆んな　多吾作のことを
まっ先に心配した　もう桶は要らねぇし

他に業《うで》も無い多吾作の奴め
これから　どうして食ってゆくんだろう
ところが　馬鹿な多吾作の野郎
前にも増して　桶を作りやがるんだ

村人達は　半ば　あっけに取られてねぇ
通りすがりに　よく馬鹿にしたもんだ
オイ　多吾作　桶は売れるかい
すると　いつも威勢の良い返事が返ったよ

ああ　お陰《かげ》様で忙しくって　忙しくって
本当に　猫の手も借りたいほどだ
オイ　多吾作　商売繁盛かい
すると　決まって威勢の良いあの声があった

ああ　お陰様で忙しくって　忙しくって
今日も　五十個ばかり町に届けて来たさ
そのうち　近所の子供《ガキ》どもまでがねぇ
多吾作のことを　馬鹿にし始めた

オイ　多吾作　桶は売れるかい
ヤア　純平のセガレ　お陰様で大忙しさ
オイ　多吾作　商売繁盛かい
ヤア　源助のセガレ　お陰様で大繁盛さ

それから　何年過ぎた頃じゃったろう
多吾作の奴め　店を開けなくなった
ああ　死んでたんだ　多吾作の奴めが
山ほど隠し積まれた　桶の中でねぇ

ああ　死んでたんだ　多吾作の奴めが
ノミとカンナを　手に持ったまゝでねぇ
ああ　死んでたんだ　多吾作の奴めが
ミイラみたいに　骨と皮ばかりになって

「仙人」

「仙人様　また　私の心の傷が痛みだしたんです
この間　あなたにお会いした時
もう　これからは　罪は犯しませんと
あんなに堅く誓ったのに　知らない間に
そうなんです　私の知らない間に
また　罪を犯していたんです
その罪の重荷が　夜となく昼となく
か弱い私を　苦しめるんです
人間は　どうして　こんなに愚かなんでしょう」
「そうなんだよ　人間は誰しも　理性を持った愚者なんだ
お前のように　過ちを犯してから　良心の

呵責にあえぎ
ワシの所に　相談に来るんだ
だが　お前は立派だ　お前の過ちに気付いたではないか
お前は　今　一歩前進したんだよ
自分の過ちに気付かぬ者や
それを否定する者はどうだ
彼らは　破滅への道を　疾走しているんだ
だが　ここで　考えなくてはならないことがある
お前のように　良心にとがめられ　そのように　きゅうきゅうと
すくんでしまったらどうだ
お前の進歩はあるのか
それなら　むしろ　自分の過ちを否定し
ものともせず　ガムシャラに突進した方が
ましではないのか」
「仙人様　私にはそれが出来ないんです

何らかの方法で　自分を納得させるか
犯した罪の償いをやらないと、駄目なんです」
「ハッハッハッハッ
お前は　根っからの善人なんだね
世の中には　人を殺しても　何とも思わない奴や
法の網を　巧みにくぐって　悪事を働き
善人ぶって生きている奴もいる
お前は一体　どんな罪を犯したというのだ
大方　女を泣かせたか　一寸した怠慢で
他人に　迷惑を掛けた程度なんだろう」
「おっしゃる通りです
とるに足らない話なんです
が　私の気持が治まらないんです　恐いんです
また　どんな罪を犯さないとも限らないんです
自分の犯した罪を　神仏に懺悔《ざんげ》して

許しを乞う人もおります
罪ほろぼしに　必死に努力する人もおります
けど　私の心には　神も仏もありません
罪ほろぼしといっても　私にはこれといって能も無いし
正直いって　毎日の生活に困窮して
そんな余裕もありません
一体　誰に頼んだら　この罪の呵責から
解放されるのでしょう
私には　分からないのです　だから
仙人様にこのようにして　相談に来たんです」
「ウム　もう良い　もう良い
それじゃあ　私が　その重荷を取り除いて上げよう
さあ　目をつぶって
私のこの杖の一振りで　お前の罪は消えてしまうんだ
エイッ

ほら　これで軽くなったろう
お前は　もう　罪人ではない善人だ
さあ　また　お前の人生を　胸を張って闊歩するがよい」
「有難うございます
お陰様で　身が軽くなりました」
「自分の過ちに気付いた者は　もう罪人ではない
罪人とは　自分の過ちに気付かぬ愚か者と　気付いても　それを否定したり　隠したり
する卑怯者をいうんだ
だから　自分の罪に気付いた者を罰するのは　間違いなんだ
社会秩序を守るための　みせしめと　報復
なんだろうが」
「それでは　過ちと知って罪を犯した人は　どうなるのですか」
「それは　救われようのない罪悪人だ」
「けど　悔恨の念にかられているとしたら」
「当然　彼らも　人間として許されるべきだ」

「…………………」

「ワシは　最初に　自分の過ちに気付いたお前は　立派だといったね」

「はい」

「だが　過ちに気付き　二度と過ちを繰り返さぬよう努力するだけでなく
それを償おうと実行する人は　更に偉人だ　だが　そういう人は稀だね」

「私も、そう思います」

「然しながら　もっと偉人がいるんだ」

「それは　どういう人ですか」

「罪を　犯さぬ人だ」

「そんな人はいますか」

「残念ながら　誰一人としていないね
人間は　みんな罪を犯すんだ……
また　悩みごとが出来たら　気楽に尋ねて来るとよい
出来るだけのことは　して上げる積りだ
余り歓迎はしないがねぇ」

「はい　有難うございました」

「幼き頃の思い出」

川の堤防に立って
その川の流れを　眺めていた
すべてが　神秘だった
この川は　どこへ　流れ着くんだろう
小さな筏舟を作り
この川の　流れに乗って
辿り着くとこまで
流れ　流れて　行ってみたい

平らな田んぼに立って
遠い山々を　眺めていた

すべてが　神秘だった
あの山の　向こう側には　何があるんだろ
おにぎりを　リュックに詰め
一人　とぼとぼと　あの山の
向こうに　歩いて行き
あの山の　向こう側を　確かめてみたい
広い野原に立って
遙か地平線を　眺めていた
すべてが　神秘だった
あの天と地を結ぶ　彼方はどんなだろう
水筒に　水を詰め
何日間も　歩いて
そこへ辿り着き　この手で
触れてみたい　紺碧の空に
七色の虹に　星くず達にも

「拝啓　コンピューター殿」

今　俺の頭上に　デッカと
居座っている奴が居るんだ
まるで　この世界を　征服したような
威張った顔して
確かに　お前は　超能力の持ち主なんだ
記憶力と　計算力にかけては
人間などお呼びではない
ただただ　お前には　頭が下がる思いなんだ

今の時代　誰しも　機械によって人間が
使われているという　錯覚が

横行しているんだ
いってみれば　人間は機械文明の
奴隷なんだな
そこに来て　お前の出現は
踏んだり蹴ったり
お前は　アッという間に
人間を支配してしまった

人間の　心や感情までも
お前に制御させようってんだ
だが　奢れるなかれ
お前を操るのは人間なんだ
電源を　一寸切っただけで
お前は　即座に無能者だ
ただ一つの部品の故障でも

修理も出来ず　お前はお手上げだ
お前の隅々まで　人間の
手のかからぬ所は無いんだ

お前に　とって置きに
記憶して欲しいことがあるんだ
それは　お前には人間のように
そう　人間様のように
新しいものを　考え創るという能力が
無いということだ
それに　これは最も大事なことだが
お前を　創ったのは　人間で
お前は可哀想に
この偉大な人間様の　徒弟なんだよ

「砂原」

目の前に　広がる　無窮の砂原
永い年月をかけて　川が運んで来た砂原
空に向かって　そのキャンバスを広げ
今　この海辺に　静かに息づく

悪戯っぽい　微風が描いた　波模様
強風がえぐった　影模様　あるいは
雨で濡れた筆で　繊細なタッチの砂肌
太陽が　魂をこめた粒々

自然は　完成を知らない　何度も

塗りつぶしては　また　描き直す
もの憂げに　時折　熱情をたぎらせ
満足しない　彼らは　真の芸術家だ

「蛙」

そこが
死への入口とも知らず　不意に　蛙の
お前が　そこへ飛び込んだのは　何時だったか知らない
お前の　その緩慢な動作から察して
随分と　日が経つようだ

お前の周囲は
冷たく　頑強なコンクリートの壁だ
自然が　その中に溜めた雨水の中に
お前は　奇怪に　顔だけ出して
木の葉のように浮いている

周りには　数匹　お前の仲間の屍が
腹伏せや　仰むけに　無様に浮上している
かすかに　まだ
生の証しのあるものもいるようだ

彼は　牢獄のような
封じ込められた世界から　悲哀そうに
遙か　天地を仰ぐ
その高さは
彼の跳躍力の及ぶところではない

時折
生に対する　限りない執念に燃えて
壁によじ登ろうと試みる
が　ガラスのように平坦で緻密な壁肌は

彼の掌握を許さない
彼は　諦めきれない情念から
反対側の　別の壁に泳ぎ着き
又も　登頂を試みる
だが
結果は　無情にも　徒労だけと悟る

今　お前は　その疲労しきったお前の心に
何を夢みる
限りない　自由の世界への憧憬か
懐かしい過去への　甘美な哀愁か

それとも
奇跡への　悲しい祈禱《きとう》か

だが
お前に　愛の手を差し延べてくれる者など
誰一人としていようか

されば
私はどうかと言うと
早く救ってあげたいという
慈悲深い　善なる心と
あがき　苦しみながら死に絶えていく
お前の姿を見たいという
残虐な　悪なる心が
とぐろを巻いて　葛藤しているのだ

「兵士の嘆《なげ》き」

どうして　私はこうして　焼けただれた
戦場に　佇んでいるのだろう
いったい　私にこの銃口を　敵の腸《はらわた》に
向けさせるのは何だろう
殺《や》らないと　殺られるからか　いや
敵が　死ぬほど憎いからか　いや
世界の平和と　秩序のためか　いや
それとも　私は　狂気の権力欲の
みじめな奴隷なのだろうか

何が　私を惨い戦いに

こんなにも　かき立てたのだろう
何故　私は早く　戦争の過ちに
気付かなかったのだろう
祖国を守るため　それだけでか　いや
戦友の死に　復讐するためか　いや
名誉と　勲章のためか　いや
それとも　私は　悪魔に蹂躙《じゅうりん》された
恐しい野獣なのだろうか

いったい　私は誰に　この怒りを
向けたらよいのだろう
いったい　私は何なのだろう
国家の道具か　単なる
戦争をする　愚かな機械か　いや
政治に操られた　哀れな人形か　いや

祖国や　国家の犠牲者なのか　いや
それとも　人間の　卑しい血統による
避け難い宿命なのだろうか

分からない　どうしても
あゝ
私には　分からない

「拝啓　希望様」

拝啓　希望様　お前は　奇怪というか
不思議な奴なんだ
頭上で　燦爛と　輝いていたかと思うと
素早く　雲間に隠れたり
この間　失恋の痛手で　しょげている時も
お前は　突然　どこからともなく現れて
しっかりしろよ　アイツばかりが女じゃあ
ないよって　嘲り笑っていたっけ

いつだったか　私が　重病で死神の
出迎えを受けていた時も

お前は　例によって　不死鳥のように現れ
私の前に立ちはだかり
馬鹿野郎　死んだら何も彼もお仕舞いだ
死ぬより　生きる方が　難しいんだぞ
もう一度奮い立てと
しきりに　怒鳴りつけた

今　私はひどく思い煩っている
これから　どう生きようかということで
お前を　全く見失っているんだ
けど　私が　どんなに苦悶《くもん》しようと
お前は　必ず戻って来て
嵐のような　勇気を与えてくれる
そして　水を得た魚のように
私は　再び甦る

私が　年老いて　神仏に見放された時も
お前は　私の臨終の間際に　ひょうぜんと
現れ　心を和ませ　うっとりするような
賛美の歌を歌う　そして　私の心臓の
鼓動の止まるのを　感じとるや
全ては　終ったと呟くと
身を翻して　消えてしまうのだ

「愛犬を喰った狩人」

可愛いお前よ　心づくしの石の墓を
作って上げよう
お前は　ここで安らかに永遠に眠るがいい
今　私はひどく　良心の呵責に
さいなまされている
我が子のように　可愛がったお前を
撃ち殺し　獣のように貪り喰ってしまった

お前は　今　私を悪魔のように
罵っているのか
人間なんて　理性という仮面を被った

卑劣な野獣だと
寒さと　飢えで　震えているお前を
この銃で………　お前は　ウウッと
最後の呻きを漏らすと
私を凝視《みつ》めながら　死んでいった

可愛いお前よ　人誰しも　飢餓には
弱いということを
ああ　痛々しいことだが　身をもって
教えてくれた
深い雪ばかりの　果てしない世界を
彷徨《さまよ》って　今日で七日
外は　物凄い吹雪　こうして岩穴で
生きているのが　まるで奇跡だ

可愛いお前よ　お前は賢い
忠実な犬だったよ
それにしても　私は何と愚か者だろう
これから先　何日生きられるというのだ
可愛いお前を　暖かい懐に抱いて
一緒に　死ねばよかった

「暴行」

次第に　お前の豊かな身体は
冷たくなっていく
私は　大それたことをしてしまった
これは悪夢なんかではない　事実だ
何度否定しようが　事実だ
私の人生は　これでお仕舞《しま》いだ

私は　獲物を捕まえる猛獣のように
お前に　襲いかかった
無我夢中だった
騒ぐと殺すぞと怒鳴って

お前を殴った気もする
お前は　生命だけは助けてと
ああ　泣いて哀願していた

可憐なお前よ
お前の大きな目を見開け
夜空にちりばめる
無数の星達を　凝視《みつめ》ろ
彼らは　お前のために贈られる宝石なのだ
もの悲しく歌う　薄《すゝき》達の歌を聞け

この爽やかな空気を胸一杯吸え
吸え　勢いよく吸え
お前の快い　確かな心臓の鼓動を聞かせろ
乱れた服装を整えろ

髪を少女らしく　とき直せ
涙で濡れた頬は　そのまゝでいい

お前の両足で　スックと立て
そして　歩け　急げ
恋しいお前の母の懐へ
逞しい父の両の腕へ

「奇妙な糸」

奇妙な糸が　私を操っている
それは多分　天が授けた動かし難いもの
あらゆる賢人も　あらゆる科学者も
この奇妙な糸を見い出せない
この不可思議で　気まぐれな
悪戯者を　誰も知らない

奇妙な糸が　私の前途に
怪しげな　光や影を投げる
私は　時には怯え　時には奮いたちながら
我武者羅《がむしゃら》に　手さぐりで進む

ふと　後を振り向くと　広々とした
透明の空間に　一本の筋を見い出す

奇妙な糸が　私を嘲る
冷酷で　無情な眼差しで
獲物のねずみを　弄ぶ　猫のように
まるで　死して　木屑になれと
私を睨みつけ
鋭い牙と爪を　私に突き刺す

「虎に立ち向かう親鹿」

さあ　お前何をしているの
早く　早く逃げるんだよ
お前を守ってくれる　大勢の
仲間のいる所へ　早く
私のことは心配いらないよ
今　この虎を追い返してやるから
私の強いのは知っているでしょう
だから　安心して早くお行き

ああ　お前振り返ってはだめ
何も彼も忘れて走るんだよ

牙をむき出した　悪魔のような
この虎が怖くないの
か弱い鹿が　虎にはかなわぬが
助かる道は　きっとあるはず
小さく　幼いお前を残して
どうして　私はここで死ねよう

だって　誰がお前を一人前の鹿に
育ててくれるの
それに　お前にして上げなければ
ならないことが　山ほど残っているもの
かかっておいで虎の奴め
お前なんかに負けないぞ
お前がかかってこないのなら
それっ　こっちから攻撃だ

えいっ　私の頭突きはどうだ
これでもまいらんか　どうだ
今のうちに　お前早く
遠くに逃げて　お願い
可愛いお前のためなら
何をこの生命を惜しもう
ウオッ
我が子は生きのびたぞ
私は　これで死んでも悔いは無い
ウウウ………

「鮭」

もう　幾年経ったことだろう
小さな体に　大きな夢を抱き
あの大海原を目指して
生まれ故郷の　この川を旅立ってから
初めて見る世界の　何と美しく
素晴らしかったこと
青く澄みきった空や　眩しい太陽
新緑色の山々や　野原一面に咲き乱れた
黄金色の菜の花は　まるで
童話にでも出て来るような　風景でした
夜空に瞬《またた》く　無数の星の中に

ぽっかり浮かんだ　丸い月
その月光《つきあかり》を浴びた水面が　銀色に
輝いていた光景は　今でも
目に焼きついています
周りの景色を満喫しながら
川の流れに乗って　ようやく
私達は無事に　河口に辿り着きました
海水に身体を慣らすため　少しばかり
そこで休むと　一気に　あの大海に
潜り込んだのでした

海の中は　ただただ果てしなく
広がる世界でした
見るもの全てが珍しく　中でも
たこや　いかや　亀や　くらげなどを

見た時は　どうしてこんな奇怪な魚が
いるのだろうと　驚くばかりでした
牙をむき出して　襲って来そうな
鮫を見た時は　怖くて身震いしました

私達は殆んど　群をなして行動しました
餌を求めて移動する時も　夜眠る時も
海の中は　食物がすごく豊富なので
私達は　毎日毎日　思う存分食べました
お陰様で　私達の身体は　日に日に
大きく　逞しく　強く成長しました
けれども　私達より大きく　強い魚の
餌食になるものも多く　この世界は
弱肉強食の厳しい掟が　支配している
ということを　いやと言うほど

知らされたのでした

こんな生活を　毎日毎日　何年も
繰り返しているうちに
私達は　身体も心も　立派に成長しました
それは　誰からともなく
まるで催眠術にでもかけられたように
私達は　もう充分成長して
大人になったのだから　海での生活は
これまでにして　あの懐かしい故郷へ帰ろうと　帰郷への途についたのでした
やっとのことで　母なる　この川の河口に
辿り着いた時は　懐かしさが込み上げて来て
喜びも　ひとしおでした

私達の身体は　日に日に　疲れ

衰えて来ました　もう何日間も
何も食べず　一睡もせず　休みもせずに
帰路の旅を　急いでいたからです
けれども　故郷のあの懐かしい臭いが
だんだん近づいて来るのを感じると
勇気づけられ　また頑張って
川を遡《さかのぼ》りました
時々　周りを見渡すと　目の前の風景が
あの大海原を目指して　下って行った時と　違っていました
新緑一色の山々や野原が　黄色や橙色や
紅色といった　鮮やかな色彩に
変っていたのです　少しばかり留って
この風景に見とれていたかったのですが
それも許されません
私達は　一刻も早く生まれ故郷に帰り

最後の使命を果たさねばならないのを
充分知っていたからです
途中　狭い急流や　険しい滝や　ダムも
登らなければなりません
力尽きて　下流に押し流されるものもいます
熊や人間に　囚《とら》われてしまうものもいます
けれども　仲間の死を悼んでいる暇など
ありません
どんな事があっても　生まれ故郷に
辿り着かなければなりません
私も　疲労困憊で　もうこれ以上
先には進めない　もう限界だと
何度も挫《くじ》けそうになっていた時です
忘れもしない　あの懐かしい故郷の
香りが飛び込んで来たのです

私達は　歓喜で踊り上がらんばかりでした
中には　感涙にむせんでいるものや
万歳を叫んでいるものもいます
あの八千メートル以上もある山の頂上に
命懸けで登り　征服した時の気持ちが
よく分かるような気がしました
しかしながら　残念なことに
ここに無事に帰れたものは
ここを旅立った仲間の　ほんの一握りの
数しかいなかったのです
私は　喜びと　悲しみの
複雑な気持ちで一杯でした

私達は　ここに帰って来た　最後で
一番大事な使命を果たすための

準備をしました
そうです　産卵です
可愛い子孫を残すための　神聖な儀式です
私達は　雌雄　それぞれペアーになり
下流に卵が流されないように　懸命に
尾びれや全身をバタツカせて　川底に
窪みを作り　そこにありったけの卵を
産み落としました　これで来年の春に
卵から孵《ふ》化した　小さな稚魚達が　私達が成したように　あの大海原を目指して
希望に胸を膨らませ　喜び勇んで
旅立って行く姿を想像すると
嬉しくてたまりません
産卵が終ると　急に疲労から
身体が　ガタガタと音を立てて
衰弱していくのを感じました

もう早くも　精根つきて
口だけ弱々しく動かし
まどろんでいるものもいます
私達は　あと数日の余命だということも
知っています

私は　死を前にして　一抹の不安を
拭い切れませんでした
私は死滅して　この肉体は
他の生物達の滋養になり
何一つとして無駄なく　大自然に帰り
無くなってしまうけれども
今　こうして考え思っていること
楽しいとか　嬉しいとか　悲しいとか
苦しいとかいう　この思い

この心は　何処へ行くのだろうか

そうか　この心はきっと
天地万物の創造主である　神様のもとへ
帰って行くんだ
そうだ　思い出したぞ
私達が　あの鯨の群に囲まれ
どこにも逃げ場のない　絶体絶命の時に
「神様　助けて下さい」と　思わず
叫んだのを　今でもはっきり覚えています
あの時　私は運良く　難を逃れたけれども
仲間の大半は　鯨の餌食になって
しまいました

ずっと以前から　私は　私達の頭上で

私達を見守っている誰かが
いるということを　感じとっていたけれど
それが　分からないいま、　ここ迄
来てしまったのです
いいえ　分からないというより
毎日毎日が　喰うか喰われるかの
厳しい生存競争の中で
そんな事を　考える余裕さえ無かった
というのが本当です
神様は　創造された全てのものを
愛するが故に　全能を　私達
全てを守る為に注がれていたのです

私は　これまで
どうして　こんなに酷《ひど》い仕打ちを

受けなければならないのか
どうして　こんなにも苦しみに
耐えながらも　生きなければならないのか
と　自問し　猜疑心に
さいなまれたこともありました………
そうか
神様は　計り知れない　真の愛で
邪悪な心に負けない　強く　正しく
立派な心の持ち主になって
帰って来るように　今まで　ずうっと
私達を　修行させてくれていたんだ
そうか　そうだったのか………

神様
愚かにも　私は　今　死を前にして

あなたの御心を知りました
神様
私は　あなたが願われるように
あなたが創造された　全てのものを愛し
思いやりや　労《いたわ》りや　他者のために生きよう
という正しい心で　生きて来ただろうか
いいえ　神様
私は　恨みや　憎しみや　妬みや
自分さえ良ければいいという　邪悪な心で
仲間と争ったり　他のものを傷つけたり
苦しめたりして　幾度も
罪に罪を重ねてしまいました
神様
どうか　私の罪を許して下さい
そして　願わくは

あなたの　あたたかい慈愛の光の中に
永遠に　抱かれますように
お導き下さい
神様！

「寝心地の良い墓穴を掘るモグラ君」

もし　もし
モグラ君
どうしてそんなに
あくせく先を競って
穴ばかりを掘っているのですか

仲間に　負けたくないからって
縄張《なわばり》を　少しでも欲しいからって
こればかりは　本能といおうか
もって生まれた　悲しい性だからといって

時々は
モグラ君
君の間抜けな顔を　地上に出して
外界を覗いてみるといいよ
きっと
もっと　君らにとって大切なものを
発見するに違いないよ

ほらほら
モグラ君
後を振り返って
君らの建設して来た
文明というものを
とくと　見詰めてごらんよ

まるで　墓場だね
君らは
毎日　汗水流して
寝心地の良い
墓穴を掘っていたんだよ

「スペースシャトルより」

スペースシャトルより
地球管制塔へ

ただ今
宇宙より帰還中
次第に
地球に近づきつつあります………ドウゾ

先刻までは
地球は　物凄く　青かったのですが
近づくにつれて

大気の汚染が目立って来ました
ひどい所では
人間の欲望の排泄物で　まるで
砂塵を被ったような所もあります…ドウゾ

汚染されているのは
大気だけかと思っていたら
人の心も　随分
蝕まれているように思われます……ドウゾ

人は　自分の利のみに狂奔し
破滅への道を
歩んでいるように思えてなりません
大切なのは　確かに　自分ではありますが　自分勝手に　突き進んだとしたら
一体　この世界はどうなるでしょう

人は　他人なしでは
生きては行けないということを
早く　認識して欲しいものです

それには　価値観の転換が
必須かと思われます
つまり
真に価値あるものは
物質や　金銭ではなく
人が　人のために
何が出来得るかだと思います

奪い合うことではなく
分ち合い
争いをやめ

助け合うのです

そして
英知と　勇気を持って
全人類の
平和と幸福を
目指すべきだと考えます…………ドウゾ

「星達よ」―あとがきに代えて―

星達よ
無限に広がる
夜空にちりばめる
無数の星達よ
今まで　一度なりとも
私は　親や先祖や
その悠久なる先祖の
基である神の
慈しみと　愛とによって
生れ　育ち　これまで
生かされて来たということに

感謝の念を
抱いたことがあっただろうか

星達よ
人は皆　遙かなる先祖から
永遠の子孫への架け橋として
天なる神の使命によって
この地上に遣わされたのだということを
どうして今迄　気付かなかったのだろう

星達よ
明朝　煌々とした太陽が
東の空から昇り始め
お前達が姿を消す頃
私は　この山の頂を下りるよ

何故って
ここで　考え耽っても
悟り得なかった　真の理を
再び学ぶために
無知や　我欲によって犯してしまった
私の罪を　償うために
人を愛し　子孫や世の為に生きるために
そして何よりも
こんな愚かで　傲慢な私を
許し　愛し　育て　生かしてくれた
親に　先祖に　神に　恩返しするために

著者プロフィール

高橋 誠一（たかはし せいいち）

1942年山形市に生まれる。
地元の工業高校を卒業後、川崎市のコンピューター・メーカーに入社。
約３年勤務ののち退社し、兄の営む青果物卸・小売業に従事。現在に至る。
趣味は作詞・作曲。
仙台市在住。

山《やま》の頂《いただき》で

2002年11月15日 初版第１刷発行

著 者 高橋 誠一
発行者 瓜谷 綱延
発行所 株式会社文芸社
〒160-0022 東京都新宿区新宿1-10-1
電話 03-5369-3060（編集）
03-5369-2299（販売）
振替 00190-8-728265

印刷所 図書印刷株式会社

ISBN4-8355-4691-1 C0092